HARPAN
och andra julnoveller

Harpan

OCH ANDRA JULNOVELLER

av

Monica Lövström

TITEL: Harpan och andra julnoveller
OMSLAGSILLUSTRATION: © Amanda Möller
FORMGIVNING: Amanda Möller

ISBN: 978-91-527-9243-8

Hannes jul

Hanne hade trott att livet skulle bli bättre när hon fick tjänst som kammarpiga inne i stan, hos dottern till självaste biskopen dessutom, men det hade inte blivit som hon tänkt sig. Här var det också ont om mat. Här var det också kallt i rummen. Här var det också löss som härskade över sömnen på nätterna.

Soldaterna hade dragit fram som gräshoppor genom staden i flera år nu och länsat de flesta visthusbodar. Dessutom var byggnaderna sargade av en stor brand som nyligen härjat och det svarta virket låg kvar längs gatorna. Det närmade sig jul, men det märktes det inte mycket av i Biskopshuset. Även hos stadens rika och välbärgade gapade tunnor och hyllor tomma.

Vintern var ovanligt kall men bristen på ved gjorde att pigorna hade stränga order att inte elda i onödan. De tjocka stenväggarna spred en iskyla som fick fingrarna att blåna, så i köket på bottenvåningen hade de i alla fall tänt spisen under förevändning att de skulle steka äppleskivor för att försöka skapa lite julstämning. En tallrik skulle bäras till biskopen, som sedan flera månader låg i sjuksäng. Hanne fick springa upp med den och när hon gick i trappan med tallriken framför sig kände hon hur det vattnades i munnen av den varma äppledoften. Men så snart hon öppnade dörren till den sjukes ovädrade rum var alla tankar på mat som bortblåsta. Biskopen ville inte heller äta något, trots att han i sin krafts dagar varit så begiven på sött. Hon trugade så gott hon kunde, fast det var svårt när hon satt på en stol så långt från sängen som möjligt. Hon sträckte sig fram med ett par doftande äppleskivor medan hon försökte att inte fästa blicken på biskopens insjunkna, gulaktiga ansikte. Hon småpratade som hon brukade göra när hon matade griskultingen som hon räddat hemma på gården efter

att suggan hade försökt bita ihjäl den. "Kom så, jodå...
titta här... det är så gott, så gott! Kom så..."

När frun själv långt om länge marscherade in i
rummet blev hon lättad, trots att hon i vanliga fall
var rädd för denna sammanbitna och bistra kvin-
na med sträng uppsyn och ett rykte om sig att vara
bitsk som en bulldogg. Hanne smet utan ett ord ut
ur det unkna rummet när frun tog fatet ur hennes
händer med ett "Här behövs det en fast hand!"

Hon kväljdes av lukten av gammal kropp, av sjuk-
dom och död och kilade som en hare nerför trappan
och ut genom dörren där hon tog ett djupt andetag
i den friska luften. Ah! Hon drog in luft genom
näsborrarna också för att rensa bort odörerna. Men
hu, så kallt det var ute! Ångan stod ur munnen på
henne och om hon hade lyft blicken hade hon sett
de svarta grenarna i Lundagård som gnistrade i
månskenet. På marken låg det ingen snö som kun-
de lysa upp nattmörkret och hon såg bara ett svagt
ljussken från ett fönster i Domkyrkan. Var det det
eviga ljuset? Kanske det, hon visste inte så noga, hon
brukade somna när hon var på gudstjänst, sittande
upprätt och med huvudet lätt böjt som i andakt, så
det var inte ofta hon blev påkommen.

När hon stod där och trampade på stället var hon

tacksam för de tjocka, fula strumporna som mor hade stickat till henne innan hon skulle flytta till stan. "Ska jag behöva visa mig för folk i sådana?" hade hon frågat, otacksamt och okunnigt. För sanningen var att sådana grå, tjocka strumpor behövdes när det blev vinter, även inne i stan. Hanne var dessutom numera medveten om att det fanns människor vars högsta önskan var ett par strumpor, fula eller inte. Och kanske allra helst en mor som stickade åt dem.

Nu stod hon här utanför den stora porten på lillejulafton och sände tacksamma tankar till mor därhemma. Hon undrade hur julen skulle bli hos dem därute. Hade det kanske dundrat in soldater som krävde mat och husrum? Då skulle det inte bli mycket över av de magra skinkorna som lagts undan vid slakten. En korg äpplen hade de på vinden sedan i höstas och med lite tur kanske soldaterna inte skulle hitta den. Men varm dricka skulle de kräva! De var likadana allihop, det kvittade om det var svenska eller danska soldater, de kommenderade fram mat och dryck även på de fattigaste gårdar, så att bönderna stod där med gråtande ungar kring benen och sammanbitna käkar när följet drog vidare över slätten.

Ja, Hanne saknade ändå gården med mor och far

och Hans, den äldste hemmasonen. Och hon saknade de små grå. Inte för att hon visste riktigt vad de gjorde, men hon hade ofta sett dem kring stall och uthus därhemma. Gamla Elin satte alltid ut gröt till dem vid jul och andra högtidsdagar och sa att man måste vara rädd om dem, annars kommer olyckan till gården. Hanne brukade hålla utkik efter dem och numera var de inte rädda för henne, så hon kunde komma rätt nära. En gång hade hon faktiskt sett hur de pysslade om hästen när den fått ett sår på ena bakhasen. Hon hade också förstått var de bodde och varnat far när han ville riva en vägg i höladan. Då hade han bestämt sig för att bara lappa den med lite bräder så gott det gick. Morgonen efter födde kon tvillingkalvar som överlevde båda två. "Det var ju ändå välsignat!" sa mor. Men Hanne var inte så säker på att det var Gud de skulle tacka.

Här i stan hade hon inte sett några små grå. De verkade inte trivas bland så mycket folk. De kanske tyckte att stadsborna förde för mycket oväsen. Eller så trivdes inte folket med dem, utan jagade bort dem med sitt beskäftiga stökande.

Nu hade hon vädrat ut det mesta av den unkna lukten ur lungorna men hon frös rejält. Den tunna sjalen hade revor här och var, så hon drog den tätare omkring sig och vände för att gå in igen. Hon lade handen på dörrvredet till den stora porten och tryckte till. Sören så tungt det gick! Hon försökte igen och lade hela sin tyngd bakom. Porten var låst. Niels hade väl redan gått sin runda i huset för kvällen och nu stod hon här utelåst och kall. Hanne bankade på porten men det tjocka träet gav bara ifrån sig dova dunsar. Det hörs inte därinne, tänkte hon. Jag kan ju frysa ihjäl! Hon slog med båda händerna så hårt hon kunde men med sina små nävar kunde hon inte åstadkomma så mycket oväsen.

Huttrande sprang hon runt huset till gårdssidan och kände på köksdörren. Låst. Hon bankade och sparkade på dörren med trätofflorna. Nu lät det ganska mycket men ingen verkade höra henne ändå. Hon försökte igen men blev trött och så var hon rädd att spräcka de enda skodon hon ägde. Istället försökte hon nå upp till fönstret och knacka på, men det gick inte hur hon än sträckte på sig. Glasrutorna satt för långt in i de tjocka stenväggarna. Nu darrade hon, inte bara av köld, och sökte förtvivlat efter en lösning. Kanske var domkyrkan öppen? Det lyste ju ett ljus där. Men nej, dit vågade hon inte gå, det var jultider och döingarna skulle väl samlas där på julnatten. Vem kunde veta om en eller annan av dem hade vaknat för tidigt och redan var där? Sånt hade hon ju hört talas om. Varenda julafton när det diskuterades vilken kärra de skulle ta till kyrkan på morgonen bredde gamla Elin ut sig om hur frun på Tostebro minsann hade vaknat och sett på långt håll att kyrkan var upplyst och trott att hon försovit sig. Hon väckte kusken som fick köra i ilfart till kyrkan. Vad skulle folk säga när hon kom försent? Så hon skyndade med högburet huvud in genom porten och skulle precis sätta sig i sin bänk när en av gudstjänstbesökarna vände sig mot henne och hon mötte den avgrundsdjupa blicken i en vålnads ansikte. En efter en vände de sig om och tittade på henne, stumt nickande med själlösa ögon. Frun stapplade vrålande ut ur kyrkan till den skräckslagne kusken som körde som om djävulen var efter honom hela vägen till Tostebro. Sedan den dagen var inget sig likt där och nu står huset och förfaller efter att frun sällat sig till dem på andra sidan, gudvarehennessjälnådig. Hanne visste att gamla Elin kunde hitta på och inte alltid höll sig till det som var sant, men andra hade berättat liknande saker så det låg nog något i det. Den risken ville hon inte ta.

Trädgårdsskjulet! Där brukade det stå öppet och det fanns kanske några tomma säckar och lite halm att ligga på. Lite värme. Hon pinnade iväg över trädgårdsgången som de var så stolta över i huset. På sommaren skulle den krattas varje dag och varje litet grässtrå rycktes upp. Gruset brukade knastra under fötterna när man gick där men nu var marken frusen och hård.

Halvvägs mot trädgårdsskjulet vände Hanne sig om för att se om det kanske stod någon i ett fönster. Då kunde hon vinka och hoppa och skrika så att man skulle förstå att hon behövde komma in. Ett sista försök att slippa tillbringa natten i det eländiga skjulet. Hon tog ett par steg baklänges medan hon tittade uppåt och så – duns! Vad var det som tog emot? Hon måste ha gått in i något som glömts framme på trädgårdsgången. Trädgårdsmästaren brukade inte vara slarvig, men något var i vägen för henne. När hon vände sig om för att titta efter vad det var såg hon inget speciellt. Hon kände framför sig med händerna. Nä, här fanns ju inget, så hon började ta ett steg framåt. Det gick inte! Det var som att försöka gå in i en vägg. Hanne tog ett par steg åt sidan och lyfte försiktigt foten för att känna efter om hon kunde gå framåt där. Nej. Det var stopp. Hon kände med händerna igen, trevade längs marken, men där fanns inget, så hon gjorde ett nytt försök. Denna gång förde hon sakta foten framåt utan att lyfta den, men det gick inte heller. Det var ju märkligt. Det måste ligga något i vägen, men hon kunde inte se eller känna vad. Hon gick till andra sidan av gången och prövade med höger fot, med vänster fot, lyfte högt, trevade försiktigt med tåspetsen... inget fungerade. Hon kom inte framåt. Nu började paniken växa i henne i samma takt som kylan spred sig i hennes kropp. Skräckslagen försökte hon krypa över hindret. Det måste gå att ta sig till värmen i skjulet på något sätt. Jag kommer att dö i kylan, tänkte hon och reste sig upp. Då svartnade det för hennes ögon.

När Hanne slår upp ögonen ligger hon raklång på marken och ser himlens alla stjärnor ovanför sig. Vad hände? Det värker lite i huvudet men hon kan inte ha legat där särskilt länge för hon fryser inte. Någon har lagt en skinnfäll över henne. Hon undrar vem det kan ha varit och vrider på huvudet för att... Herre je! På några sekunder är hon på fötter. Trädgårdsskjulet står i ljusan låga!

"Det brinner! Det brinner!" ropar hon och springer mot det stora huset. Någon därinne måste också ha sett eldslågorna för hon ser en skugglik person röra sig i ett av fönstren och snart kommer det människor springande över gräsmattorna och längs gångarna. De bär på hinkar och spannar och några bär ett stort träkar med vatten mellan sig. I spetsen för dem alla kommer frun i huset med nattrocken fladdrande kring benen.

Förvirrad och omtumlad försöker hon varna dem. "Akta er, det går inte att komma fram till skjulet! Det är något i vägen!" Hon ropar men, ingen verkar bry sig om lilla, späda Hanne. Och de springer rakt fram till det brinnande huset! Men vad i all sin dar... Hur kan det komma sig? Uttröttad och genomfrusen linkar hon in i köket och sätter sig vid spisen som fortfarande är lite varm. Hon har skinnfällen med sig och snart somnar hon i stolen, så där som hon brukar göra i kyrkan.

När morgonbestyren börjar denna julafton rör sig Hanne yrvaket i stolen och alla pratar om branden.

"Jag hörde att det var några som hade stått på andra sidan muren och kastat in brinnande tjärfacklor på trädgårdsskjulet", säger kökspigan.

"Det var danska soldater!"

"Hysch, tänk på vad du säger. Tänk om frun hör?"

"Det var danskarna som satte eld på vartenda trähus i stan häromsistens. Det vet ju alla!" säger Niels och tågar iväg. Pigorna fnissar. Alla vet att Niels har en svensk käresta.

"Undan nu, Hanne, sitt inte där och var i vägen. Spring upp till Anne Marie!"

Hanne reser sig på lite ostadiga ben. Hon går mot dörren medan alla fortsätter att spekulera kring den stora händelsen. Ingen vet något, men alla vill säga sitt.

Hanne hör deras upphetsade prat men tänker bara på att skjulet brunnit upp. Om hon hade legat därinne hade hon varit död nu, det är då ett som är säkert. Något hindrade henne från att gå dit. Något räddade henne.

På väg uppför trappan tittar hon ut genom det smala fönstret. Det rör sig i bortre änden av trädgården, vid trädgårdsskjulet. Kan det vara råttor? Nä, de är för stora för det. Och för små för att vara människor. Hanne lutar sig närmare rutan i fönstersmygen. Hon ser inte så bra genom det bubbliga glaset men det ser ut som om de små, grå varelserna arbetar med kvastar och krattor. Vaktar så att elden inte ska ta sig igen. De finns alltså i stan! Och de bor förmodligen i trädgårdsskjulet. Eller bodde. Nu är de husvilla tills någon bygger upp skjulet igen om de inte hittar något annat krypin. Hoppas att ingen av dem kom till skada, tänker hon, och nu förstår hon att det måste vara de som räddade henne. När hon får sin julgröt ikväll ska hon ställa ut ett fat till dem. Det är det minsta hon kan göra.

Tacksam över att vara vid liv tänker hon att hur julen än blir i detta dystra hus med den döende biskopen och de trötta, hungriga tjänarna så har den redan blivit bättre än hon vågat hoppas på.

HEM TILL JUL

Egentligen hade det varit en helt vanligt dag.

Visserligen var det i början av december och julens tingeltangel trängde sig på överallt, men efter jobbet hade han som vanligt hämtat barnen. Maja hade ilsket och med bestämd min slitit av sig gummistövlarna när han fått på henne dem. Sedan jobbade hon målmedvetet med att själv ta på sig vänster stövel på höger fot och höger stövel på vänster fot. Han log och kunde inte annat än beundra denna lilla varelse.

Nästa stopp i vardagskarusellen var matbutiken. De hade handlat köttfärs och små tomater. Sedan blev det spaghetti till middag, läxläsning för Elin och till sist nattning.

Nu längtade han intensivt efter att Alina skulle komma hem. Inte för att han inte klarade av vardagspusslet på egen hand, men för att han saknade någon vuxen att prata med. Någon han kunde skratta med när de tillsammans tittade närmare på barnens vilt kreativa juldekorationer av diverse återbruksmaterial. De var helt underbara, absolut, men inte vackra!

De hade en mycket nära relation, även när de inte var tillsammans. Det hände att de ringde varandra exakt samtidigt för att säga precis samma sak till varandra. Ibland när han gick och grunnade på något kunde han se henne framför sig, hur hon nickade bifall eller skakade långsamt på huvudet för att avråda honom.

Nu skulle hon snart vara hos dem igen i fyra långa veckor. Det var meningen att Alina skulle mönstra av om några dagar, men han visste inte exakt när. Häromdagen hade han bara fått ett textmeddelande: "Jag kommer hem till jul!" Just nu befann hon sig förmodligen någonstans mitt på Atlanten.

Teven stod på som sällskap. Han hade klickat sig fram till en naturfilm om Borneos regnskogar och det var kanske ett misstag; de vackra bilderna fick honom att nicka till i soffan ett par gånger. Men nu borde han verkligen ta sig samman, för middagsdisken stod fortfarande på köksbordet.

Då hördes plötsligt en nyckel i låset och lägenhetsdörren öppnades. Han ryckte till och for upp ur soffan. När han tagit ett par steg mot den nersläckta hallen kom någon emot honom. Alina!

"Alina!? Men vad... är du redan hemma?"

"Sssch..." Hon lade ett finger över läpparna. "Väck inte barnen. Jag måste gå snart igen."

"Men, jaha? Har ni kommit i hamn tidigare än beräknat?"

"Ja, jo... det kan man säga." Alina slog armarna om honom och de stod stilla en stund och kramades.

"Så kall du är," sa han och tog ett steg tillbaka. "Du har ju inga ytterkläder på dig i kylan!"

Hon hade bara sina kockkläder på sig, och den svarta lilla mössan värmde säkert inte mycket den heller.

"Kom och sätt dig i soffan, så tar vi fram en filt."

De satte sig och han stängde av teven.

"Hur kommer det sig att du fick ledigt så här oplanerat?" frågade han medan Alina svepte filten lite slarvigt om axlarna.

"Jag ska bara lämna den här." Hon räckte fram en liten ask. "Men du får inte öppna den förrän på julafton!"

Hon log mot honom, men blicken var allvarlig. Mörk och outgrundlig och han kände inte riktigt igen den. Hon är förstås trött efter flera veckor till sjöss, tänkte han.

"Promise! På hedersord!" Han försökte skratta lite och höll upp två fingrar i luften. "Men jag har inte köpt något till dig än."

"Det gör inget."

Alina lutade sin kalla kind mot hans axel.

"Men du fryser ju fortfarande!" Han la armen om hennes axlar och kurade ihop sig mot henne.

Så skönt det var att ha någon att lägga armen om. Han hoppades att hans kroppsvärme skulle sprida sig till henne snart. Han slappnade av och dåsade till i soffan igen. Ja, han måste ha somnat ordentligt, för när han vaknade igen var Alina borta. Filten var hopvikt och han hade inte märkt någonting.

"Jag är ju rätt trött och slutkörd nu, inte konstigt att jag somnar hela tiden," tänkte han. Men han hade velat säga hejdå till Alina innan hon gick. Hon sa ju inte när hon skulle komma hem igen.

Han tänkte strunta i disken i köket. Det fick vänta,

för nu ville han sova. På väg mot sovrummet trampade han plötsligt i något kallt och blev våt om foten.

"Va' f..." Ungarna måste ha låtit stövlarna stå mitt i hallen när snön rann av dem. Fast det var lite konstigt att han inte hade märkt det innan.

Med en suck gick han till köket och hämtade en trasa. När han torkat upp vattnet lite nödtorftigt hängde han trasan på en stol. Sedan ramlade han i säng. Han sov djupt och drömlöst tills han väcktes av mobilen.

Det var från rederiet.

"Sitter du ner, Niklas?"

Han fick en klump i halsen och hjärtat började banka.

"Ja-a..." Nu satt han käpprak i sängen.

"Jag är ledsen, men fartyget som din fru jobbar på har kapsejsat. Vi har förstås redan helikoptrar i luften och flera räddningsfartyg är på väg. Vi –"

Han avbröt kvinnan i telefonen.

"Kapsejsat? Var då?"

"Längs rutten ute på Atlanten. Vi har exakt position men sådan information brukar vi inte dela med oss..."

"Men hon var ju här i natt. Hon sa att ni hade kommit i hamn tidigare än beräknat."

Det blev tyst i luren. Han hörde hur kvinnan, förmodligen en HR-person som var mycket stressad nu, prasslade i papper och skrev på ett tangentbord.

"Alina Durkovitsch..."

Att dom aldrig kunde lära sig att uttala hennes namn ordentligt!

"Hon mönstrade på Wollahra i oktober som fartygskock, eller hur?"

"Ja."

"Jag är ledsen, men detta är uppgifterna jag har fått."

Han lade på. Förvirrad gick han och väckte barnen för att göra i ordning dem för skola och dagis. Hela tiden molade en svart skräck i magen. Kapsejsat? Betydde det att besättningen hamnat i vattnet? I det iskalla vattnet? Han rös vid tanken. Och hur kunde Alina vara här igår?

Istället för att köra till jobbet när han vinkat av barnen for han ut ur stan och hem till sina föräldrar. De hade genast förstått vad som hänt när de såg hans bil köra in på garageuppfarten, för radion stod på som vanligt när Niklas tumlade in i köket. Det var han tacksam för. Nu slapp han förklara.

"Så det var hennes skepp..." Pappa tystnade och såg ut genom fönstret.

"Vi får hoppas på det bästa, jag hörde just på nyheterna att de kunnat plocka upp flera besättningsmedlemmar med helikopter." Mamma lade armen om hans axlar där han satt vid köksbordet.

"Men jag fattar inte... det kändes så verkligt att hon var hemma om en sväng igår."

"Du har alltid drömt livliga drömmar, Niklas."

Tillsammans åkte de in till stan och han var glad över att inte behöva vara ensam när han berättade för barnen att det hänt något med mammas båt. Att det kunde dröja innan hon kom hem, att hon kanske var skadad. Elin sa inte så mycket, hon nickade bara på sitt inåtvända sätt, men Maja började gråta.

"Hon lovade ju! Hon lovade ju att vara hemma på julafton!"

Niklas försökte krama henne, men hon slingrade sig ilsket loss. Och från den kvällen sov de båda bredvid honom varje natt i Alinas säng.

Han kollade nyheterna hela tiden, det gick inte att låta bli. Många överlevande hade plockats upp, men samtalet han väntade på, att rederiet skulle ringa och säga att Alina nu var i säkerhet på ett sjukhus, det kom aldrig.

Istället kom ett samtal om att sökandet hade avbrutits. Tyvärr var Alina inte återfunnen. En diakon kom hem till den lilla familjen och pratade om livet och döden och hur minnena skulle leva kvar. Sedan kom en präst och frågade hur de kände kring en minnesgudstjänst. Rederiet skickade en psykolog.

Vänner dök upp. De lyssnade när han gång på gång berättade om telefonsamtalet, om hur han hoppats och hur han förtvivlat, och det uppskattade han. Med ett par av dem kunde han till och med prata om vad han upplevt på natten då skeppet gick under.

Niklas accepterade tanken på att det hade varit en dröm att Alina kommit hem en stund och haft med sig en liten julklapp. Naturligtvis. Men ingen vanlig dröm. Det var en ovanligt levande dröm därför att hon försökt nå honom i sin nöd.

Orden som for genom hjärnan slog sina klor i honom. I sin nöd! I sin panik!

Tanken på det kalla vattnet i Atlanten och bilden av Alina som kämpade för livet fick magen att knyta sig och han rullade ihop sig till en snyftande stenhård boll. Barnen fick aldrig se honom på det sättet. Vanlig gråt och sorg ibland, men inte det här.

Samtidigt kände han ändå en viss tacksamhet över att deras äktenskap varit så... äkta, så djupt, att hon kunnat nå honom över tankevågor, eller telepati eller vad han nu skulle kalla det.

Fast det pratade han inte om.

Så kom julafton. De firade hos hans föräldrar som vanligt. Och ja, det kändes nästan som vanligt. Alina hade varit ute på jobb förr över helgerna så om man ansträngde sig gick det att känna sig normal. Och de ansträngde sig verkligen alla tre för att ha det trevligt. Korta stunder lyckades han även glömma bort det svarta hålet i magen.

Det började bli sent och när julklapparna var utdelade ville barnen sova över hos farmor och farfar, precis som de brukade.

"Jag vill ha översängen!"

"Neeej, det är min tur!"

"Pappa! Pappaaaa! Elin tar alltid översängen!"

Han duckade konflikten och log mot sin mamma.

"Det får ni prata med farmor och farfar om. Det är deras hus så de bestämmer!"

"Men ska du verkligen åka hem ensam på julafton?" Hans mamma hade den där bekymrade blicken.

"Ja, oroa dig inte. Flickorna mår nog bäst av att vi håller fast vid julaftonsritualen, det verkar ju som de vill det. Och jag behöver få sova ensam i sängen en natt. Jag lovar att ringa i morgon förmiddag."

De kramades och så vinkade han till barnen och till sin far som satt i läsfåtöljen med årets julklappsbok. Han hade plötsligt blivit en gammal man. Fårorna i ansiktet hade djupnat och tröttheten låg över hans ögon. Niklas hoppades att hans mor skulle orka bära dem båda genom sorgen, fast han visste att det var orimligt att lägga så mycket ansvar på henne.

När han kommit hem skickade han ett sms till sin mor och sa att han skulle lägga sig direkt. Sedan borstade han tänderna och försökte att inte titta på den vänstra hyllan i badrumsskåpet där Alinas tandborste stod kvar.

I sovrummet tvekade han först. Skulle han lägga sig på Alinas halva? Men nej, det kunde han inte. Han kröp ner under sitt eget täcke och rättade till kudden. Han försökte slappna av och inte tänka på någonting. Tröttheten surrade i huvudet. Kanske skulle han kunna sova ändå. Han sjönk ner i mörkret, kroppen var inte så spänd längre.

Men så plötsligt ryckte han till.

Vad var det egentligen han precis hade sett? Som fått honom att vakna igen? Paketet! Niklas tyckte sig ha sett det när han plockade fram en näsduk innan han lade sig ner i sängen. Det lilla paketet som Alina hade gett honom. Han hade nästan glömt bort det för det var ju bara en dröm... eller hur? Men han vände sig om och stack in handen i hyllan på det lilla nattygsbordet. Längst in, bakom näsdukspaket och små gosedjur som flickorna lämnat kvar, kände han något hårt och tog fram det.

Det var verkligen en liten ask, inslagen i vitt papper. Hjärtat bankade. Hade det alltså hänt på riktigt? Hade han burit med sig paketet till sängen den där kvällen?

Med darrande fingrar och återhållen andhämtning öppnade han paketet.

Där låg en skinande vit snäcka och en handskriven lapp. Han kände igen Alinas jämna och drivna handstil:

"Ta väl hand om den. Den kommer från havets botten."

På morgonen skulle han åka och hämta flickorna så snart han kunde. De skulle tillsammans hänga upp snäckan i granen och under åren som följde fick han många gånger upprepa berättelsen om mamma som kommit upp ur havet för att ge dem ett sista minne.

Men han kunde aldrig förklara hur det gått till.

Harpan

Anna hade just hällt upp en kopp te när det ringde på dörren. Hon öppnade dörren försiktigt – i kvarteren där hon bodde var det klokast att göra så – och fick syn på en jättestor harpa i rött fodral som stod där i snöslasket på trottoaren. Hon ryckte till av förvåning. Det var inte så vanligt att man hittade harpor utanför dörren i det här området. Hon trodde faktiskt inte att det var vanligt i någon del av Staden, när allt kom omkring.

En mycket liten flicka med långa, smala fingrar

kikade fram bakom den stora, röda harpan.

"Ursäkta att jag stör, men skulle du vilja vara så vänlig och ta hand om min harpa över natten?"

Anna måste ha sett ut som ett frågetecken, för flickan skyndade sig att förklara: "Jag ska vara med på julkonserten i morgon i aulan där borta" – hon viftade lite obestämt i riktning mot andra sidan gatan – "och jag ville ställa in min harpa där i god tid så att den skulle hinna anpassa sig. Men det var låst."

Flickan suckade. Anna funderade snabbt igenom några olika scenarier och försökte beräkna sannolikheten för att det här var en ovanligt kreativ, kriminell komplott. Sedan nickade hon.

"Självklart! För harpans skull. Den skulle inte vara säker i husen häromkring." Hon var övertygad om att den omedelbart skulle hamna på svarta börsen om hennes granne fick lägga vantarna på den, till exempel. Förra veckan hade han lagt ut inte mindre än åtta mikrovågsugnar på Marketplace. Och så hade hon redan börjat tycka om det där skrymmande, ohanterliga instrumentet som såg så hjärtskärande malplacerat ut på trottoaren.

Anna klev ner ett trappsteg för att hjälpa Flickan, men den lilla varelsen lyfte själv upp harpan och rullade sedan in den genom hallen.

"Sådär ja", sa Flickan med en viss slutgiltighet i rösten. "Tack så mycket! Jag kommer tillbaka i morgon." Hon klappade harpan på den tjockare delen av ramen på samma sätt som man klappar en häst, och instrumentet svarade med dova dunsar.

Resten av kvällen satt Anna och tittade på de senaste avsnitten av Game of Thrones och när hon gick och lade sig hade hon så gott som glömt bort inackorderingen nere i vardagsrummet.

På morgonen kom hon nerför trappan och ryckte till när hon fick syn på harpan, men så började minnet sakta och ovilligt vända tillbaka. Hon bestämde sig för att den stod i vägen – ja, hon skulle faktiskt behöva klämma sig fram mellan matbordet och instrumentet för att komma fram till vattenkokaren, och vattenkokaren var hennes livlina på morgnarna. Utan svart te för att kickstarta hjärnan kunde hon inte fungera.

Anna försökte flytta harpan. Inget hände. Hon tog i lite mer och försökte igen. Hon bet ihop käkarna och tog i allt vad hon förmådde men lyckades bara luta den en aning. Men visst hade Flickan med de långa, smala fingrarna flyttat på den helt själv? Anna bestämde sig för att nu krävdes det en kopp te, så hon pressade sig förbi instrumentet in i köket.

Fem minuter senare stod hon med en mugg i handen och granskade harpan. Medan hon smuttade på teet blev hon plötsligt nyfiken på hur man spelar på ett så märkligt och vackert instrument. Hon ställde muggen på köksbänken och tog försiktigt bort fodralet.

Hon knäppte på en sträng – doing – och en till – doing, doiiiinnng – ljudet ekade genom huset, så vackert och så trolskt. Men så slutade hon tvärt. Hon hade ingen rätt att spela på harpan. Den var inte hennes. Hon vaktade den bara.

Eftermiddagen kom, men ingen flicka med långa, smala fingrar. Ingen flicka alls, för den delen. Bara Annas man. Han kom hem framåt kvällen efter tre veckor på reportageresa och sken upp när han såg instrumentet.

”Har du börjat musicera?” frågade han med ett brett leende. ”Ska du säga upp dig på jobbet?”

Anna suckade och började förklara vad som hänt.

”Och om Flickan inte dyker upp i morgon så ringer jag efter någon som kan hämta harpan. Den står i vägen”, avslutade hon.

Nästa dag slog hon sina lovar kring harpan, eller nåja försökte så gott det gick i det lilla rummet. Då fick hon syn på en liten metallplatta vid harpans fot. Anna ställde sig på alla fyra och försökte läsa vad det stod. "Te-lyn hud...", stavade hon sig fram. Telyn hud? Vad kunde det betyda? Var det tillverkarens namn? Hon grunnade på det en stund, men sedan började hon fundera på hur det skulle kännas att spela på instrumentet och knäppte på ett par strängar igen. Doiing. Doiing... Varför var några av strängarna blå? Och andra röda? Hon tog fram sin laptop och började leta på Youtube efter videor om hur man spelar harpa. Anna kände sig faktiskt riktigt löjlig, för hon visste mycket väl att det tar flera år att lära sig att spela ett instrument.

"Men eftersom Harpan står här i mitt vardagsrum kan jag ju lika gärna känna efter lite hur det känns. Om Flickan inte har kommit och hämtat den till helgen ska jag ringa efter någon som kan hjälpa oss att bli av med den."

"Jag ska!!" lade hon till och tittade på sin man som bara log och nickade.

"Naturligtvis", svarade han, "det är ju bäst så."

Men just nu var det viktigast att få bort Harpan från ingången till köket. Det skulle bli väldigt svårt att laga middag och att sitta vid matbordet när den stod mitt i dörröppningen. Dom kunde inte gå ut och äta pizza ikväll igen. Så Anna gjorde som vanligt sina efterforskningar på nätet och lärde sig att hon måste luta Harpan bort från sig för att kunna rulla den på de pyttesmå hjulen. Ytterst försiktigt manövrerade hon Harpan längre in i vardagsrummet.

Följande vecka tillbringade hon det mesta av tiden med Harpan. Hon knäppte på strängarna, strök med handen över ramen och dunkade försiktigt på det tjocka partiet som hon numera visste var en "resonanslåda". Ibland försökte hon tänka på annat. Hon försökte skriva den där artikeln som Bladet hade beställt. Hon försökte gå till kontoret men tänkte att det nog skulle gå bättre att jobba hemifrån. När hon kom hem drog hon fram pallen till Harpan och satte sig. En kväll ville hennes man se någon film på tv och hon satte sig i soffan bredvid honom, men hela tiden väntade hon på att filmen skulle ta slut så att hon kunde gå bort till Harpan. Hon drömde om harpor. Det första hon gjorde på morgnarna – efter att hon druckit te, förstås – var att sätta sig vid Harpan och knäppa på strängarna. Nu hände det ibland att hon fick till en liten melodi också.

En dag ringde det på dörren igen. "Flickan!" tänkte Anna, men den här gången var det tre ungdomar med en hel skog av instrument som stack upp ur deras väskor och ryggsäckar.

"Jaha, nu har de äntligen kommit för att hämta Harpan", tänkte Anna och kände en saknad växa i bröstet. Hon förstod inte varför, hon borde inte vara ledsen över att bli av med den där jättelika tingesten som tog plats i deras pyttelilla hus.

Till hennes stora förvåning bad ungdomarna att hon skulle spela på julkonserten tvärs över gatan nästa dag. Den första hade blivit inställd eftersom en av solisterna hade försvunnit – harpspelaren. Det tog ett par sekunder, men sedan började hon gapskratta. Det här var nog ett av de mest genomarbetade spratt hon varit med om, ett av de mest komplicerade i alla fall! Men det var inte särskilt lyckat. Inte alls! Ingen såg ju henne och kunde skratta åt det.

Den unge mannen i sällskapet såg lite förbryllad ut när han räckte över några notpapper till henne.

"Men jag kan inte spela harpa! Och jag kan absolut inte läsa noter!" sa Anna som fortfarande småskrattade.

"På musikskolan sa de att du kunde", svarade han med en sådan där axelryckning som unga människor behärskar till fulländning, och sedan vände de sig om och gick iväg alla tre.

Anna såg efter dem när de gick iväg genom det allt tätare snöfallet och visste inte vad hon skulle göra. Hon gick tillbaka till vardagsrummet och tittade på pappren hon höll i handen. "Away in a Manger", stod det överst. Och i lite mindre text "Ej upplysta gårdar". Okej, bra. Hon kände i alla fall igen titeln på sången. "Alltid något", suckade hon. Sedan började hon leta efter den på nätet. Att hitta den spelad på harpa och inte framförd av en gullig liten barnkör var inte helt lätt. Men när hon lyckats lyssnade hon. Det var ett kort stycke, så hon lyssnade igen. Och igen. Det var så vackert!

Sedan satte Anna sig vid Harpan. Hon rättade till sig på pallen. Öppnade och knöt händerna ett par gånger. Harklade sig. Det kändes löjligt, men det var väl så musiker gjorde när de satte sig vid sina instrument. Så började hon spela. Hon bara visste hur hon skulle röra händerna och fingrarna. Det gick automatiskt. "Vad är det här för trolleri?!" for det till slut genom hennes huvud, det vill säga den mer rationella delen av hjärnan, som verkade ha legat kvar i sängen hela förmiddagen. Hennes fingrar blev ömma, hennes axlar värkte något fruktansvärt och det susade i huvudet, men hon kunde. faktiskt. spela!

I god tid före konserten kom de tre ungdomarna tillbaka, utan instrument som stack upp ur ryggsäckarna, men med en liten kärra. "Ja, då var det slut med det roliga," tänkte Anna när de packade in Harpan i fodralet, tippade över den på kärran och gick sin väg. Hon följde dem till dörren. Det hade börjat frysa på och Anna huttrade där hon stod i dörröppningen och såg hur de rullade iväg med Harpan nerför gatan och gjorde spår i den knarrande snön. Plötsligt greps hon av ett stort vemod.

Hon tog ett par tvekande steg efter dem och sedan började hon småspringa. Anna, Harpan och de tre unga musikerna kom in i konsertlokalen samtidigt. Hon satte sig ner för att studera hur de placerade ut instrumenten, pallarna och notställen inför konserten. Några ungdomar hängde upp stjärnor och girlanger ovanför scenen för att skapa julstämning. Det pirrade i magen på henne av spänning och förväntan, men samtidigt kände hon att det här var helt absurt. Flera gånger var hon på väg att resa sig och gå. Det hela måste ju vara ett missförstånd! Men hon satt kvar. Och så började konserten. "Nu är det försent att gå. Tur att här inte verkar vara någon jag känner i alla fall!"

När det var hennes tur att spela klev Anna modigt

in på scenen. Hon fixerade Harpan med blicken och allt annat försvann. När hon kom fram till instrumentet satte hon sig lugnt ner. Hon hörde julsången inom sig och lyckades föra över tonerna till sina fingrar, som rörde sig en aning stelt över strängarna, men hon spelade inte fel på så många ställen. Det blev bara ett par falska toner.

När sista tonen klingat ut fick Anna stående ovationer av publiken. Alla 32 åhörarna applåderade entusiastiskt! Hon kunde fortfarande inte riktigt förstå vad som hade hänt, men hon bestämde sig för att inte fundera så mycket på det utan bara rida på den våg av glädje som sköljde över henne.

Till slut lämnade Anna scenen och gick bakom kulisserna. Hon såg den lilla Flickan med de långa, smala fingrarna smita iväg med ett stort leende på läpparna. Det kanske var ljuset där bakom som lurade ögat, men senare skulle Anna alltid hävda att Flickan hade haft små, små änglavingar.